紧急中的冥想

[美] 弗兰克·奥哈拉 著　许舜达 译

四川文艺出版社

致简·弗海里歇

Jane Freilicher(1924—2014),美国画家。她是被称为纽约派的诗人和艺术家圈子的核心人物之一,尤其和诗人们比如弗兰克·奥哈拉、詹姆斯·斯凯勒交情很深。

目 录

致港务长	001
诗	003
致危难之际的电影业	005
诗	013
障碍	015
黄色便笺	017
来自一个四月	019
河流	021
诗	023
在拉赫玛尼诺夫生日的那天	026
猎人	028
派对之后,祈祷	031
看着"大碗岛",沙皇再度落泪	033
浪漫曲,或音乐系学生	037
三毛钱歌剧	041

一只走鹃	044
珍妮醒着	048
一把墨西哥吉他	051
珍妮之家	053
两种变化	055
颂歌	057
不可战胜	060
一月里的诗	066
紧急中的冥想	069
为詹姆斯·迪恩	074
在翼上沉睡	080
广播	082
在现代艺术博物馆看拉里·里弗斯的《华盛顿渡德拉瓦》	084
为了珍妮丝和肯尼斯去航行	086

马雅可夫斯基　　　　　　　　　　088

译后记　　　　　　　　　　　　　093

致港务长

我本想确信能够抵达你;
尽管我的船还在
时而停泊的路上。我总是才拴紧缆绳
就又决定起航。在风暴和
日落中,潮汐的金属线圈缠绕着
我深不可测的手臂,我难以理解
我身上虚荣的形状
凭着手中的波兰舵
我在下风舷处苦磨,而太阳
渐渐西沉。为你
我献上我的船身,和我意志
那根残破的绳索。可怖的航程
并不全然在我身后,途中的风
教我撞上芦苇那棕色的嘴唇。然而
我坚信我的船还清醒;不过
要是它沉了,它或将很好地答复

那喋喋不休的推理，
那些阻止我向你抵达的海浪。

诗

我门上的便笺热情地说:"call 我,
你进门时 call 我!"于是我迅速地
往我的小旅行包里塞了几只橘子,
扶正了我的眼皮和肩膀,然后

径直朝门走去。待我绕过拐角时
正值秋天,哦,完全不愿
被牵扯进去或者只是一脸的茫然,但树叶
却比人行道上的青草更加明亮!

奇怪,我想,这么晚还亮着灯
而大门开着;一个像他那样的
回力球冠军,这个点儿还没睡?哦,呸!
不像话!如此盛情的,主人!而他

就在门厅这儿,平躺在一条淌血的床单里
血淌下楼梯。对此我深表感激。鲜少有主人

会如此悉心准备招待,一名偶然受邀的客人何况那是在几个月前。

致危难之际的电影业

不是你,单薄的季刊和黑不溜秋的杂志
朝浮夸的蚂蚁频频发动袭击,
也不是你,实验戏剧,情感的果实
正在持续迎娶诗的洞见,
也不是你,遛着圈儿的伟大歌剧,
像一只耳朵一样显而易见(尽管你
与我的心脏近在咫尺),
而是你,电影业,
才是我的所爱!

在危难之际,我们必须再三地抉择
  我们爱的究竟是谁。
并且给予公正的赞美:不是赞美我古板的护士,
  她教我
怎样变坏或者不坏,而不是变好(而她最近利用了
这一消息),
不是赞美天主教会

它最多是对大众娱乐一个过于隆重的

　　开场白,

不是赞美美国退伍军人协会,它憎恨所有人,而是

　　赞美你,

金碧辉煌的银幕,悲怆的彩色胶卷,脉脉含情的

　　西尼玛斯柯普宽银幕[1],

无垠的维士宽银幕[2],骇人的立体声音响,

　　用你全部

神圣的维度和混响,和

　　毁圣像的运动!

给理查德·巴塞尔梅斯[3],

作为"孝子"[4],他光着脚

---

1 又称变形宽荧幕,比例为 2.35∶1(1950 年代时是 2.55∶1,由 20 世纪福克斯公司制定,后成为标准变形宽银幕比例)。1950 年左右,因为电视机在美国的普及,对电影院冲击巨大,为了重新吸引顾客,几大电影公司竞相制定了各自的宽银幕系统,让在电影院看电影的视觉感受高级于电视机(当时的电视机普遍是 4∶3 的画面比例,由于人眼的构造,横向上可以接受更多的视觉信息)。
2 比例为 1.66 – 2.00∶1,由派拉蒙公司制定。
3 Richard Barthelmess(1895 – 1963),美国男演员,在默片时代非常受欢迎。
4 指 1921 年的美国默片《孝子戴维》,亨利·金编剧并导演,被誉为"有关美国农村史料的永恒片断"。理查德·巴塞尔梅斯在片中担任主演,造型为赤脚、短裤。

只穿了短裤,

给珍妮特·麦克唐纳[1]的一头红发和一抹红唇,和

  长长、

  长长的脖颈,

给苏·卡罗尔[2],当她坐在一辆车坏掉的挡泥板上

  微笑着,等待永恒,

给金吉·罗杰斯[3],她的波波头就像一根

  飘动在她香肩上的香肠,

给有着蜜桃冰激凌嗓音的弗雷德·阿斯泰尔[4]的

  双脚,

给埃里克·冯·施特罗海姆[5],登山者气喘吁吁的妻

  子们

---

1 Jeanette Anna MacDonald(1903—1965),美国女歌手、演员,以歌舞片闻名。
2 Sue Carol(1906—1982),美国女演员,后成为知名的经纪人。
3 Ginger Rogers(1911—1995),美国女演员、舞蹈家、歌手,1940年以《女人万岁》获奥斯卡最佳女主角奖。1999年被美国电影学会选为"百年来最伟大的女演员"第十四名。
4 Fred Astaire(1899—1987),美国男演员、舞蹈家、歌手,被认为是电影史上最有影响力的舞蹈家,曾与金吉·罗杰斯搭档演出十部电影。1999年被选为"百年来最伟大的男演员"第五名。
5 Erich von Stroheim(1885—1957),美国男导演、演员,生于维也纳,追求电影布景、表演的真实性,代表作《贪婪》是现实主义电影的里程碑。在《盲目的丈夫》《魔鬼的万能钥匙》和《愚蠢的妻子》三部电影里,他呈现了女性与异性交往中的性觉醒。

的"芳心猎手",

给泰山们,你们每一个人(我没法逼自己在

约翰尼·韦斯默勒[1]和莱克斯·巴克[2]当中二选一,

我只能选择死亡!),

给坐在覆盖了一块貂的雪橇上的梅·韦斯特[3],

她的妓院光辉灿烂,她的言谈温和,

给月亮的鲁道夫·瓦伦蒂诺[4],月的激情排山倒海,

给也是月亮般温柔的

瑙玛·希拉[5],

---

1 Johnny Weissmuller(1904—1984),美国男游泳运动员,生于罗马尼亚,曾获得五枚奥运会金牌,创造了二十八项世界纪录。退役后成为演员,在十二部电影中出演人猿泰山,被认为是史上最成功的泰山扮演者。
2 Lex Barker(1919—1973),美国男演员,也以扮演泰山闻名。
3 Mae West(1893—1980),美国女演员、剧作家、编剧,知名的性感偶像。她善于使用讽刺和黄色双关语,并有勇气把当时的禁忌题材如同性恋搬上舞台。1999年被选为"百年来最伟大的女演员"第十五名。下一句的"言谈温和"是对她的"反讽"和欣赏。
4 Rudolph Valentino(1895—1926),意大利男演员,好莱坞历史上第一位伟大的性感偶像,他丰富了公众对男性气质的理解,被称为"拉丁情人"。他的死讯引发了大规模的骚乱,葬礼让大半个纽约的交通瘫痪。
5 Norma Shearer(1902—1983),美国女演员,生于加拿大,被认为是银幕上的女权主义先驱,早期的"好莱坞第一夫人"。1930年以《弃妇》获奥斯卡最佳女主角奖。

给米利亚姆·霍普金斯[1],她将手中的香槟倒下

  乔尔·麦克雷[2]的游艇,

并在斑驳的海水里大哭了一场,

克拉克·盖博[3]把吉恩·蒂尔尼[4]

救出了俄国,艾伦·琼斯[5]从哈勃·马克斯[6]手里

  救出了基蒂·卡莱尔[7],

当梅尔·奥勃朗[8]厉声地责备,

  柯纳·王尔德[9]在钢琴键盘上咳血,

---

1 Miriam Hopkins(1902 — 1972),美国女演员、知名主持人,电视剧的先驱,并活跃于知识界和创意界。
2 Joel McCrea(1905 — 1990),美国男演员。
3 Clark Gable(1901 — 1960),美国男演员,20世纪30年代被选为"好莱坞之王",被认为是美国式魅力的象征。1935年以《一夜风流》获奥斯卡最佳男主角奖,最著名的角色是《乱世佳人》中的白瑞德。1999年被选为"百年来最伟大的男演员"第七名。
4 Gene Tierney(1920 — 1991),美国女演员,被称为"电影史上最美丽的女人"。
5 Alan Jones(1907 — 1992),美国男演员、歌手。
6 Harpo Marx(1888 — 1964),美国男喜剧演员、音乐家,是"马克斯兄弟"的成员,作为无厘头风格的鼻祖,该喜剧组合在20世纪30年代取得巨大成功。1999年被选为"百年来最伟大的男演员"第二十名,是唯一入选的团体。
7 Kitty Carlisle(1910 — 2007),美国女演员、歌手、知名电视节目嘉宾,长期任纽约州艺术协会主席。
8 Merle Oberon(1911 — 1979),英国女演员,生于印度,是好莱坞的第一位混血女明星。
9 Cornel Wilde(1912 — 1989),美国男演员、导演,生于匈牙利。

玛丽莲·梦露[1]踩着她的细高跟，婀娜地穿过

 尼亚加拉大瀑布，

约瑟夫·科顿[2]令人困惑，奥逊·威尔斯[3]困惑不解，

 朵乐丝·德里奥[4]把兰花当作午餐，

 并打碎了一面镜子，

  葛洛丽亚·斯旺森[5]斜倚着，

珍·哈露[6]斜倚着扭动腰肢，艾丽丝·费伊[7]

---

1 Marilyn Monroe（1926—1962），美国女演员、模特，她是好莱坞历史上最伟大的性感偶像，也是美国流行文化的标志性象征人物，有着传奇的生活和死亡。1999 年被选为"百年来最伟大的女演员"第六名。

2 Joseph Cotton（1905—1994），美国男演员，与玛丽莲·梦露和奥逊·威尔斯均有合作。

3 Orson Welles（1915—1985），美国男导演、编剧、演员，他一生不同时期的工作仍在深刻地影响着电影史。他导演、制片、参与编剧及主演的《公民凯恩》被认为是最伟大的电影之一。1999 年被选为"百年来最伟大的男演员"第十六名。

4 Dolores del Rio（1905—1983），墨西哥女演员，是好莱坞的第一位拉丁裔女明星，也是 20 世纪 30 和 40 年代墨西哥电影黄金时代最重要的推动者之一。

5 Gloria Swanson（1899—1983），美国女演员、时尚偶像，她是默片时代的女王，1950 年以《日落大道》第三次获奥斯卡最佳女主角提名。

6 Jean Harlow（1911—1937），美国女演员，知名的性感偶像，是好莱坞的第一位"金发美女"。1999 年被选为"百年来最伟大的女演员"第二十二名。

7 Alice Faye（1915—1998），美国女演员、歌手，被认为是"少数能在巅峰时期退出影坛的明星之一"。

斜倚着

扭动腰肢,还唱着歌,

玛娜·洛伊[1]冷静而睿智,

　　威廉·鲍威尔[2]

活在他迷人的优雅里,

伊丽莎白·泰勒[3]如花般绽放,是的,

　　赞美你们,

也赞美你们所有其他伟大的、近乎伟大的、独特的

　　群众演员们,

虽然你们只有一闪而过的镜头,就返回到梦中

　　继续念自己的三两句台词,

我也爱你们!

真心祝愿你们用绝妙的登场、磨蹭和发音

---

[1] Myrna Loy(1905—1993),美国女演员、社会活动家,20 世纪 30 年代被选为"好莱坞王后"。
[2] William Powell(1892—1984),美国男演员,和玛娜·洛伊是知名的银幕情侣,两人合作了十四部电影。
[3] Elizabeth Taylor(1932—2011),美国女演员、慈善家,生于英国,九岁出演了第一部电影,十二岁成名,1961 年以《巴特菲尔德八号》、1967 年以《谁怕弗吉尼亚·沃尔夫?》两次获奥斯卡最佳女主角奖。1999 年被选为"百年来最伟大的女演员"第七名。

闪耀整个宇宙，愿全世界的钱

  金光灿灿地撒在你们身上

终于换来休息，为了陶冶我们，你们把一张张脸放在

  弧光灯下

烤了一整天，尽管云雾常常在夜晚

  飘来

但天空就在银河之中[1]。你们使这一神圣的

  先例

继续长存! 转动吧，电影胶卷，正如这伟大的

  地球一般转动吧!

---

1 原文系 But the heavens operate on the star system。字面意思即"天堂就在电影工业的'明星制'中"。

诗

"砰"的一声,中国佬
在夜里跳上了亚洲

而我们以任性的方式
秘密地,一起做

温柔的游戏
一起擦伤我们的膝盖,像穿坏一双中国的鞋。

鸟儿们把苹果一颗颗推过草丛
月亮变成了蓝色,

而苹果在我们屁股下面
翻滚,好像在一片荒芜上

布满了中国画眉
因中国的灌木而脸红。

正如我们在夜里相爱
鸟儿也在我们看不见的地方歌唱,

中国的格律诗穿透了
发情当中的我们,

鸟儿和苹果感动我们
像蜜语甜言,

而我们在那不可思议之民族
的恩惠里,结为了连理。

障碍

1

哇呜!她正在港口射击!他正跳往漩涡洪流当中!她正俯身在巨人的马车上流泪,就像一座任由滴落的熔岩锥,避开斜着眼、乱发脾气的九年级学生张开的拳头,泪水凝固在水泥上!他正绝望地举起手臂,挥舞着他恋爱的狂躁神经中,一个巨大的疑问(Y),就像一株一品红。在它指甲般尖锐的风暴中,对抗积云的玻璃门,积云将她窝藏在神圣的牧场,而她在牧场里填满男人的肉体,犹如搬运石块!

噢,致命的渴望!

2

噢,男孩,他们的童年就像这么多的燕麦曲奇。我需要你们,你们也需要我,好吃,好吃。然而

很快

突然一切都变了。

3

就像有的人老丢东西,却从不曾知道

自己失去的是什么。

一向如此。他们曾这样爱吃面包、

黄油

和糖,他们曾经是小小懒虫,是常常在上床后、舔舐地板的小老鼠,热衷于摇摆他们轻盈的尾巴,嗒嗒地拍打米粒做的弹珠。活力!是那些孩子们,在他们的巧克力中吃下、挥霍、抽烟抽掉的葡萄糖。这样的青春痘!这样的勃起!这样热衷于喜怒无常。而他们就这样长大,像咯咯作响的冷杉。

黄色便笺 [1]

我拾起了一片叶子。
在今天的人行道上
似乎有些孩子气。

树叶!你是如此重要!
你怎能更改自己的
肤色,旋即坠落!

就仿佛这里并没有
诸如正直这类东西。

你太过松懈了
而没有回答我,我太害怕了
而无法坚持己见。

---

1 原文为法语。

树叶!不要神经质

犹如微不足道的变色龙。

来自一个四月 [1]

  我们拭去墙上的灰尘。
  理所当然,我们是哭泣的百灵
落满了整个天堂,我们的肩
被人紧紧地,揽在胳肢窝下!而我们的喉咙是满的。
  你是否曾在圣诞节那天摔过跟头,
   而路过的人们看到你都无动于衷?
    但那不就是行道树的意义吗?让那些无动
     于衷你的飞翔
的人们哭泣的,纯粹快乐!
   它足以让人开枪自杀。
  屋顶正在坍塌,如掌声

从粗暴、长指甲、亲热、因亲吻而变得粗糙的手里
  发出。
手指比嘴唇上的一根舌头,更透不过气来,

---

[1] 原文为德语。

在日出时分、在清晨、在海上的薄雾

滚滚而来之前;外面的一切都汹涌而青涩。

河流

所有的日子都将逝去,随即所有的年月也将逝去,
而我脑海里空无一物,除了它的黑暗漂泊于水上
像一座,悬挂在天空下的桥。
日复一日我从梦中找寻它的忧郁,
它潺潺的水流,它拥抱着我的柔软河岸,
它的吻似一道伤口
留在我探出的脖颈。丛生的杂草
沉思着吸入我性命
而有时阳光下
我囚禁在水底的眼睛,将瞥见
通往大海的路。因为那是我出生的地方。
片刻后,我咬牙切齿的双臂
就像白色的浪花
将在天空的树梢上痛哭流涕。
而如疼痛般敏捷的,电闪雷鸣,
将在去往森林途中,经过我身旁,
而我将沉沦在残忍的柔波里

那是我出生的地方，在它目所能及的清澈内，
扣押着我就像扣押一名奴隶，
而有一天，虽然它会因我的爱抚而哭泣，
但它将把我遗弃，
在空气过于咸涩的时刻！太阳迎风招展
就像一盏信号灯！在世界敞开的血肉上。

诗

致詹姆斯·斯凯勒 [1]

在那里我永远不会是一个男孩,
尽管当那匹马高高扬起前掌时,我骑于马上犹如天
　　神下凡。
母亲的惊声哭喊,使我双膝跪地!
我跪倒在地,笨拙、病态然而心地善良,
尽管在受惊的黑色马背上,我神气活现,
尽管在一片树叶的开端,她如风般飞驰
却从未把我摔下。

我有一颗悸动的心脏
我的两股夹紧了她的背。
我爱她的惊骇,她的惊骇将我
顶上了天空!她雪白的门鬃上

---

[1] James Schuyler(1923—1991),美国诗人,是纽约派的核心人物之一,与约翰·阿什贝利、弗兰克·奥哈拉等关系密切,长年遭受双相情感障碍困扰。1981年以诗集《清晨的诗》获普利策诗歌奖。

好似布满了聪明的念头,正如我在心脏里安放了
　　一种明智的生活!
她将因痛苦而摇头
拿蹄子触摸空气,用牙齿咀嚼马衔,仿佛我就是恩
　　底弥翁[1]
而她如月般憎恨自己,坠入了我的爱河。

一个母亲监视时
一切就是悲剧!
而她希望自己
罪孽深重的灵魂,获得随机的恐惧,正如它在吸气
　　与呼气
而没有喘不过气,也没有终结接连的胜利!

我知道她,而我不会是一个男孩,
因为在汹涌的空气中我迅捷如风,绿意盎然
如一道黑色,策马穿过缥缈的夜

---

[1] 希腊神话中的英俊牧羊人,与月神塞勒涅相爱。宙斯反对他们的爱情,让恩底弥翁选择死去或者长眠不醒但永葆青春,恩底弥翁选择了后者,从此塞勒涅每天晚上来到他梦中与他相会。

向着我所优雅理解的,人们的话语,
它是我的赐予
正如灵魂被赐予了双手
去握紧生命的绶带!
正如月亮底下锐利的马蹄一日千里
而我控制着速度与力量,它是
  这个世界身上的盔甲。

在拉赫玛尼诺夫[1]生日的那天

蓝窗户,蓝屋顶

与雨水发出的蔚蓝的光,

拉赫玛尼诺夫这些毗邻的乐章

涌入我那双大耳朵

而泪水模糊了我的双眼

因为离开了他,我就无法弹奏,

尤其是在他生日

这天的下午。非常

荣幸,你将会成为我的老师

而我是你仅有的学生

而我将一再地弹奏。

---

1 Sergei Rachmaninoff(1873 – 1943),俄国作曲家、钢琴家、指挥家,20世纪最伟大的音乐家之一,浪漫主义晚期、也是最后一位大师。

弹奏李斯特[1]与斯克里亚宾[2]的秘密
在那些并不晴朗的下午,
他们在琴键上对我窃窃私语!而我
心中的雷雨依然在滋长。

只有我的双眼将会是蓝色,当我弹琴时
你会敲击我的指节,
所有俄国人最亲爱的父亲,
温柔地将我的手指
拿到你冷漠、疲倦的眼前。

---

1 Franz Liszt(1811—1886),匈牙利作曲家、钢琴家、指挥家,19世纪最伟大的音乐家之一,浪漫主义前期的大师,被称为"钢琴之王"。
2 Alexander Scriabin(1871—1915),俄国作曲家、钢琴家、神秘主义者,把音乐当作某种沟通神与人的宗教仪式。

猎人

他动身了并一直打猎啊

打猎。哪里?他想啊

想啊,哪里还有真正的臆羚[1]?

我可以在那儿干掉它吗?

他随身只携带了一盘

梨。秋风盘旋在

臆羚滴落的血迹上

引他继续前行。

树叶落在他四周

就像馅饼碟。星星一颗

接一颗坠入他的眼睛,灼烧。

这地势,束缚了它的手脚

离胸部这么远[2]

---

1 又名岩羚羊,主要生活在欧洲的山区,机警敏捷,是著名的狩猎动物。
2 形容地势陡峭,难以攀爬。

你不由得走开,哭泣。

他继续走向陌生的山岗

那里的岩石上,还留有足迹的温热,

然后走啊走啊。他的膝盖上

密布了乌云,他的睫毛

在寒冷中生长浓密,

如同熊身上的毛发

在冬天所发生的变化。他思忖着,或许,我已经

睡着了,但他并没有给冻死。

这里到处都是细小的

绿松针。然后吗哪[1]从天而降。

他知道,最重要的是,如今他

已被上帝拣选,而他的力气与日俱增。

他看到自己身下的世界,

明亮如同地板,黄金遍地,

却遥不可及。不经意地,云层的裂隙中

---

1 典出《旧约·出埃及记》,是神给以色列人的食物。

浮现出一张女人的脸,眉头紧锁。他已去往了
更高的地方。他身穿着貂皮。
而他思忖着,我缘何至此?随即,
我是为了统治而来!臆羚来了。

那些臆羚发现了他,为了让他难堪
它们结队成群而来。在一片黑压压的包围中,
他孤身一人,羞愧难当。

派对之后,祈祷

  你并不总是知道我的感受。
昨晚在春天温热的空气中,为了抗拒某个
我提不起兴趣的人,我长篇累牍地
    滔滔不绝,是对你的爱让我
一点就着,
   莫非不奇怪吗?在一间陌生人
人满为患的房间里,我最柔软的感情
       翻腾不休
忍受水果的尖叫。伸出你的手吧,
在床边上,
     这儿不是,有一只烟灰缸吗?突如其来地
出现在这里?某个你爱着的人进了这间屋子
说难道你
    不想要今天的鸡蛋
换个花样吗?
     而鸡蛋出场后你发现,它们不过是

普通的炒鸡蛋，温暖的天气

遭到了挟持。

看着"大碗岛"[1],沙皇再度落泪

1

他踱步在蓝地毯。已是夏天末尾,
到了他游览太阳的尽头。此时
他或将闭目养神,仿佛眼睛是疲惫的花
对走廊、珍宝[2]还有树木
全都没有责任;它们全都在他脸上,
一幅笨重的肖像画,还有一片上了色的沙漠。他正在哭。
仅仅几英尺外的青草碧绿,他看见的地毯
就是草地;人们在阴影里进进和出出
咯咯笑着,相互追逐,保持着对称。

太阳留给了他一双瞳目,留下他孤身一人,让他

---

1 指油画《大碗岛星期天的下午》,乔治·修拉的代表作,也是新印象主义的代表作,现藏于芝加哥艺术学院。
2 原文为法语。

为雪、刺眼的床和枪,而感到歇斯底里。

"花、花、花!"他冷笑着,回声里充斥那些柔软的树。

毕竟,他不能,飞檐和走壁。而天窗已经,紧闭。

为什么?为了季节的一次变化,

为了房屋的一次翻新。他疑惑,

当音乐停止时,他是不是不该

卸下窗帘,拾起地毯,加入到他湖畔的

朋友们当中,就在那湖边上!

"噢,我亲爱的朋友们!"而他们将会用撑开的伞,

无花果软糖,和亲手做的弹弓,迎接他的到来!

尽管贺卡寄到了某个其他人的地址,

是皮维[1]的悲伤渔夫,尽管他有珍贵的

无知,人们也有火暴的脾气,他将放手一搏!

2

此刻,坐在一把染成棕色的椅子上,

---

[1] Pierre Puvis de Chavannes(1824—1898),法国画家,象征主义的代表人物,影响了修拉。《贫穷的渔夫》是他的代表作。

他计划着招待朋友们一顿便饭。那么!
从他的铂尔曼厨房中升起的水汽
飘满了修拉[1]的所有记忆,飘满了湖泊
和夏天;而这些都暂停了,
越过了宾客们、烹饪用的雪利酒和
杜松子酒;这就是零星闲聊与肉
的味道。当鸡尾酒终于燃起
他的勇气和决心,他拧开了
晚餐的火,他的眼睛随着冰雹
而睁大,就像一场骤雨坠入夏天,
坠入了湖泊与声音!他步入
镜中,拒绝成为其他任何人,
而客人们注视着,浪花破碎。

3

尽管他知道农奴们大字不识

---

1 Georges Seurat(1859—1891),法国画家,新印象主义即点彩派的代表人物。

但他必须从冰雪宫殿,发出一纸电报:
"如果我想找出这些树的意义
我必须拉着你的手。看样子,它们
把粘满尘土的手指,伸入了晦暗的天空,
并抬头仰望这场雪,就像一张被眼泪弄脏了的,脸。
我该失声痛哭,然后看看到底出了什么事吗?
只许有一个陌生人漫步在
这风景,冰冷,而不幸的,他迅速冻结在
那双荒凉的眼睛里。"雷克斯直言不讳。

浪漫曲,或音乐系学生

1

雨水,轻轻
落在你的头皮,就像蚂蚁
穿过一家烟草商店的门。
"Hello!"它们喊道,鼻尖上
闪闪发光。哼唱着一支
齐尔品[1]的谐谑曲。
它们正搬运小提琴盒呢。
它们用头上的触角
编织蓝色的空气,
它们出现在音乐学院的门口
对里面流出的甜蜜
呼唤"啊!"。
它们站在马路中央倾听

---

[1] Alexander Tcherepnin(1899 — 1977),美籍俄裔作曲家、钢琴家。

那漂浮在温室门口的

牛奶上面的奶油。

2

它们曾觉得自己

置身在夏威夷,当松树突然,

随着夜色轻轻摇摆,

把它们甩了出去。

海浪中满是船舷,

航行就像太阳眼睛里的

缝隙,而海浪里也充满了

颠簸着的、巨大的、黑色的木头,于是

海浪里也布满了针。

海浪是温和的、雪白的,

如同松树在天堂里,

是雪白的,没有一丝风吹。

3

在安阿伯[1]的星期天下午

四点半它们前往一场风琴的

演奏会:梅西安[2]、亨德密特[3]、车尔尼[4]。

在它们耳中有一个巨大的声音在说

"要有伟大的音乐我们必须任命

它。而要任命伟大的音乐

我们必须要有一个伟大的任命委员会。"

一阵欢鸣!然后夏天结束了。

---

[1] 密歇根州的城市。
[2] Olivier Messiaen(1908—1992),法国作曲家、风琴家、鸟类学家,被称为"现代音乐之父"。
[3] Paul Hindemith(1895—1963),美籍德裔作曲家、指挥家和中提琴家。
[4] Carl Czerny(1791—1857),奥地利作曲家、钢琴家、音乐教育家,他是贝多芬的学生、李斯特的老师。

4

黎恩济[1]！一只老鼠正坐在树篱！
那是一块褐色的石头！那已是
十月！那是一支橙色的巴松管！
它们已经在这山上无畏地
站了四十八个钟头的岗。
好吧，我猜，它们是士兵，
这可是壮观的进军。

---

[1] 德国作曲家、剧作家理查德·瓦格纳创作的五幕歌剧，全名《黎恩济，最后的护民官》，1842年首演，是他的成名作。

三毛钱歌剧 [1]

关于皮契尔们 [2]

我想了很多:波莉

和其他人全都自由而公正。

她的珠宝上

全都带着价签,以免

珠宝想要脱手易主,

而她养的宠物

都不是吃素的。甚至连

笼中鸟也都如此。

  无论何时

我们的英雄麦基

梅塞尔 [3],都是一个极为诚实的人!

偷杀或抢掠,对你

---

1 德国戏剧家、诗人贝尔托·布莱希特的"史诗剧"代表作,由作曲家库尔特·魏尔编曲,1928 年首演,是 20 世纪上演率最高的音乐戏剧。
2 指剧里的商人、乞丐头子皮契尔的一家,波莉是皮契尔的女儿。
3 "尖刀麦基"是强盗头子、伦敦最恶名昭彰的罪犯,与波莉秘密结婚。梅塞尔(Messer)在德语中也有刀的意思。

才有意义!噢

麦基的刀上有一枚虚伪的

刀柄,所以它才能

像表达他的意思一样

表达它自己。麦基不会

把他的意志强加于人。毕竟

哪有人能够真拥有什么?

但是波莉,你是一个

幽灵吗?是不是麦基经由光

穿过电影投射到了我身上?

假如我曾身处1930年

的柏林,我会目睹你

像疯狂猫[1]一般

漫步在街头吗?

   噢,是的。为什么,

麦基说我们只是

---

1 美国漫画家乔治·赫里曼创造的卡通角色,是最早的"喜剧动物",在20世纪10和20年代非常受欢迎。

无意间,得知了

他的意义?他的语句

是这个时代的肖像。

你将会见到我们全部都在

乔装打扮。高兴的;不过

并没有怎么安排好。穿

挤脚的鞋,上面

带着水钻蝴蝶结。炫耀

衰老的狮子狗,和战前的裘皮。

万籁俱寂,芳香四溢。

黑色弥漫在眼睛周围。然而,

你将不会分辨出哪个人

是哪个人。那些是

错综复杂的时日。

一只走鹃

快热死了!因为
珍妮和我,要在烈日炙烤下
划桨穿过丛林的水域
我们的独木舟沿着埃塞奎博河[1]漂流起伏
满载战后的剩余物资——贡多拉的零件。

我们自得其乐,尽管:蝙蝠尖叫着
掠过我们乱糟糟的头发,鹦鹉轻易地
毁坏了花的峡谷,
水里充斥着烂泥,而你可能误以为
那是出水的芙蓉,如果你

像我们一样傻。我们用直觉,亲手制作了
条纹 T 恤,短裤对着藤蔓尖叫,它们
正饱餐着飞虫,来铺垫热带艺术

1　圭亚那中部的一条大河,纵贯南北。

的康庄大道。"我会花一个或者两个伦皮拉[1]

一巴掌把它扇进

一幅油画里。"珍妮说。"水中的浮草

看起来多么像

没精打采的火烈鸟!漏斗似的花冠

就在我们右手边,一个无害的漩涡[2]!

或者我被它周围的淡紫色

所诱惑了吗?"我们的船鼻子,把一个喷嚏

打进了一束朱顶红,它被一条绸带

假模假样地绑着。

这附近有人吗?有明信片卖吗?

我们,基本上就是游客了,皱着眉头

开着倒船。如果我们的朋友们露面了

---

[1] 洪都拉斯货币名,也是币值单位。
[2] 原文系Charybdis,即希腊神话中的卡律布狄斯,她在海上制造巨大的漩涡。

这些野人会怎么想?戴着墨镜

和楔形文字的解码器!

也许。噢,珍妮,这里不再有边疆了吗?

脱掉我们树皮做的

漂亮夹克,我们像蝾螈那样跳入春天

的溪流。哎呀!它们身后的丛林

化成了一片火海,而我们的朋友

在关于扣赞伯[1]和萨洛尼卡[2]的愉快交谈中

以华丽的漂浮,迅速地顺流而下

撤退。而途中我们遭遇了

猛烈的舌头和老虎,朝着

橙色的山,黑色的禁忌,还有爸爸!

和云朵。我们将带着无上的珍宝而归。

那是,我们仅有的嗜好。而一只红嘴的

---

[1] 阿拉斯加州西部的一片海岸。
[2] 希腊最大的港口城市,曾是马其顿王国的首都。

犀鸟,指着高地的极光

和废弃的商队旅馆,哭喊道:

"纽约到处都跟巴黎一样!

富贵时你衣锦还乡,浑身却爬满了虱子!"

珍妮醒着

猫眼石就藏在,你的眼皮底下
  当你睡着觉,当你骑着一匹小马
以不可思议的方式,向春天的盛开跳跃
  就像秋天蓝色的花朵

在每一个九点钟。而鬈发疲倦地
  向打着哈欠的
橡皮筋跌倒,古铜色,
  你的手将所有黑色、

喧腾的睡眠按进了
  白昼安静的形式
按进了对发光的旋涡
  它阳光灿烂的置若罔闻,噢!

还有我们一举穿过黑夜
  刚刚开始的华尔兹。

在日出前你闭着眼睛
　　　咆哮,面无笑容,

你火山岩般的肉体隐藏了一切
　　　也躲过了那个守夜人,
梦的触须
　　　勒死了跑得太慢

逃不开你的警察,
　　　令人眩晕的波浪
奔腾在你喃喃的需要中。然而
　　　那个警察

是守护白天的圣徒,他靠着
　　　一扇开着的窗户,你问他
穿哪条裙子好看,还有
　　　头发要怎样才梳得端庄,

因为它是你如今的时尚。

只有不小心在楼梯上绊倒时

你才重复这舞蹈，然

  后，在眼花和缭乱、

克制和无可挑剔的伪装下，

  在白色黑色粉红蓝色藏红

和金黄的气氛里，在神情恍惚中

  我们才终于找到，夜间的野人[1]。

---

[1] 暗指有拘捕狂的警察。

一把墨西哥吉他

各色声音的演员们
修女,还有那些淘气的竞选经理,
他们身着颜色迥异的衣服,一起在草原漫步
而珍妮和我,喃喃跳了一支凡丹戈舞。

一片云把珍妮的裙子甩在我脸上,
而邻家的男孩瞥见了
凡人的眼睛通常将会抵赖的美景。阿拉伯日!
她晃动她丝袜后跟上的水钻!这蕾丝的风景!

我们的喧哗碰翻了几株棕榈树
裂开的天空仿佛细数了我们的过失。
这些紫色的闪烁脚背和事业!
北方的军队也嫉妒这轻微的奢华。

然后是吓人的高声讨价还价!维奥莱特身上
挂满了银饰,在一条泥泞的小道上时隐时现,由一个饥肠辘辘的电影明星护送着,天造地设[1]!
低吟着一支沮丧的民谣,安妮的连环画[2]。

"还我的貂!"我们的维奥莱特喊道,
"别再逗能了!要知道,我可是波士顿来的。"
珍妮和我怒不可遏!这不可理喻的奇葩!
凡丹戈舞在我们的唇间死去,一个冷若冰霜的粉丝。

那整晚我们吃着花生酱和洋葱
悲伤地,就电影和电影业,以及芭蕾是怎样没落的
喋喋不休。我们走到腿脚酸疼。而维奥莱特
第一个放声痛哭,她总是来得正是时候。

---

1 原文为法语。
2 指美国漫画家哈罗德·格雷创作的漫画《孤儿安妮》,其中包含了大量政治评论内容。1924 年开始连载,1968 年格雷去世后由他人继续创作,连载至 2010 年。

珍妮之家

白巧克力罐里装满了花瓣

杂物在眩晕的眼睛周围旋转

在将来与此刻的四点钟。老虎,

披着美妙的条纹却躁动不安,一跃

跳上了桌子而没有惊动鲜花

一丝紧张的屏息,他朝着壶里

撒尿,直冲着精美的壶嘴。

一阵热气的低语从那瓷器中

冉冉升起。"圣桑[1]!"它似在耳语,

稳稳地蜷缩在那可怕的猫咪

毛茸茸的脑袋旁边,猫咪正在精神上伸着一个懒腰。

我总是不停地发出,啊,在画室中沉思嘈杂

的心灵,动物园里的

花园,亘古不变的下午!

在那里,当音乐挠它道德败坏的

---

[1] Camille Saint-Saëns(1835—1921),法国作曲家、钢琴和管风琴家、指挥家,写有管弦乐组曲《动物狂欢节》。

肚皮,这残忍的野兽悄然现身,
小心而清醒地站着,他知道确切的危险
总是发生在他用舌头抚摸獠牙
的时刻,这纯属奢侈的享用;
仅仅片刻之前,往这玫瑰般的黄昏中
丢进一片阿司匹林,而现在,朝空中扔出一把椅子
来激怒真正的威胁。

两种变化

那身体突然出现了：在我的烟里
当某人沉重地描述希腊时，
那条著名的单调线感到了生活
延长的忧郁是苍白的
而我与仅仅触摸到的事物似乎亲密无间。

1

现在我将不再去面对事物
因为我不是一个开端
不再靠着一颗心入睡
那颗心无法点火驱赶狼群，
狩猎和美德就发生在篝火旁。
而你清楚如果我在天空里飘浮
天空将如同海浪般沉重。

2

我很高兴岩石是沉重的
而它在我心里感觉良好
就像一盆腐土中的一只眼睛。
让我们就宏大的主题写长长的信吧,
关于鱼肉三明治、鸡蛋三明治和起司;
或者在墨西哥、意大利和澳大利亚旅行。
我吃很多,所以我不会喝醉,然后
我喝很多,所以我会感到兴奋
然后我就走了,然而我搞不清自己在哪儿
和谁一起,我也记不起我是从谁那里出来的了
除了还记得我是带着我的面具回来的
然而下次我的脸将不再跟我一起来了。

颂歌

  一个正义的想法也许难能可贵,
  一项至关重要的集体娱乐……

因为什么你这么开心?一场危事
诸如工资名单里放进了一头奶牛
以及随之而来的调查和推理?
你有没有打扫原路上的粪便?
  我是一道门吗?
如果无数人谴责你饮酒无度,
甚至连奶牛看起来都像维纳斯,而你会冲她眉目
传情,你和你那个来自高中的朋友,
作为篮球运动员的他,那双黑眼睛黑过你的眼睛
当他用单手拾起了球。
  但他不也会感到疑惑吗?

  变得平等?那是最糟的!
  我们只是泥泞的瞬间?

不,你必须把我看作一条狐狸;或者,去做一个小孩,
杀死这只黄鹂,尽管黄鹂使你想起了我。
于是你成了一切存在的创造者。女人们
 团结起来反抗你。

就好像在我肩上扛了一匹马
而我看不见他的脸。他的马蹄铁
靠着我身体的两侧垂下地面
就像华盛顿广场上的凯旋门。
我很想和他一同击败某个人
但我无法把他卸下我的肩膀,他就像黄昏。
黄昏!你的微风是一种阻碍,
 它改变了我,我正遭受逮捕,
 而如果我把你愚弄到一张脸上
并且,是一张恶心的脸,扔下这匹马——啊!他的脸
 在这里!
而我,哭泣着,走在我的心上。

我想把你的手从我的屁股上拿开
然后把它们放到一尊雕像的屁股上；

接着我才能深思熟虑、并且公正地来看待你对我
的感觉了,然后,改变,把我对你的爱看作是
美丽的。我决不会欺骗你然后说"这是难免的!"
　它只是勉强算得上顺其自然。
　不过我们确实一同航行
就像两艘驶离了舰队的军舰。
我被你非凡的智慧所打动
而有时,回来了,我变成了大海——
爱上了你的速度,你的沉重与呼吸。

不可战胜

> 在我心中的教堂,唱诗班起火!
>
> —— 马雅可夫斯基[1]

1

贪婪,是绞索,噢,我亲爱的,噢
"轮舞,"让油,抹去确定无疑的东西,抹去我们的
　　东西,
它没有复活任何东西,最终,在它的渴求中
坐在间距宽阔的楼梯下,成为一瓶美妙的
香水,并未模仿消逝的脚步

邻居,已经取笑安详而退休,很快
平均六座开花的喷泉,噢!宽恕人们
和他们坐立不安的同伴,他们融化了,他们长成了

---

[1] Vladimir Mayakovsky(1893 — 1930),苏联诗人、戏剧家。

一座肮脏的海港,满是鱿鱼般滑动、披着帆布的脱
　　衣舞娘,
放弃了广大屠夫们腰上,肮脏的鱼漂

这晃动着错误的旗杆,痛恨困惑的盛开,
密集的觅食占据了马耳他的英雄尼诺,荒野的英雄
　　尼诺,
跳吧,噢,跳吧!对抗绞索上的名望,
对抗渴望的姐妹,激烈地对抗没有外套的、田园诗
　　的姐妹,
而喇叭冲衣着光鲜的囚徒们大发雷霆

此时俏皮话继续保持残酷带来的快乐
它在歌唱瘫痪的风所需要的,这个世界,
就座后,重新开始,愈演愈烈,没有说一句告别,
再也不会小心翼翼地埋葬一滴眼泪,
那痛苦的记号标记在森林的坚韧中
猫咪乖戾的眼里闪烁着谵妄,身上住着一个麻风病
　　人,

火焰的脚沉没在，放弃额头的
　态度里
记住围墙总是如此贪婪地保护，
面对狂暴的军刀，没有一粒泡沫可以保持怡然自得
在性感尤物面前，军刀一个趔趄跌进了装模作样的
　恐惧

在维罗纳[1]的眼睑里，一场危机质疑随之而来的事
一颗心疲惫不堪，变成了一间唱诗班
而逃出火海的人们倾向于，对异教徒发动一场暴乱
　爱的
脸颊进入到一个，为了一场真正的演讲所准备的旋
　涡，
蓄意援助一个猥亵的乞丐，就像一根长矛，
珍珠踌躇于干涸的水井不前

绞索变得像热带般专横，被逮到，评头论足，

1　意大利最古老的城市之一，拉丁语的意思为"高雅的城市"。

让蹲守的蕨草弹奏它们新写的奏鸣曲
并且,摇晃软弱国家的薪水,
吞下这杯朗姆酒,朝不朽的虚假终点开启一次航行,
古雅的,对激流和车流抱有一种渴望

被船上笼罩的麻木所触动,
噢,令人惊叹的地毯、独木舟和车床的光晕!弓箭手!
一个一月感觉自己,就坐在年轻的士兵前
笑啊,笑那些弓的守卫者散发出的光辉,
尤其对命运嗤之以鼻,习惯挥舞着它白色的拳头

2

为避免一些苦难,现在你做了一些快速的采购
由第一个迟钝——翻筋斗——暴行的夜晚分开,
病了却还要叫喊和尽力奔跑,更年轻的发光体,
含情脉脉的,噢,史诗和一些抹红的东西
就在肩胛骨中间!
而进步并没有成功地造出一艘

贡多拉

在陌生人贡献的嘟囔里有这么多的

混乱

尽管,在美妙的石楠下穿着西服,我的灵魂!它是

纯洁的

它抹上了雨一般透明的白色!而你没有被教导

要搞清楚吗?

为了那甜蜜的好处,儿子关于世界的梦想

一直是

上街游行?在绿色的云层中悄悄议论罪孽

镜中历史性一瞥的渴望,

知识脸上干枯的笑容是对斯芬克斯

不诚恳的

道歉,那不是骑手盛大的狂怒吗?

他们指引了一趟未来之旅和它玻璃般的

折磨。

黄昏的气息颤动着,穿越了线性的怀念

也赐予了一根羽毛,赐予了一卷柏拉图,

半瞎的水,地球挖出它的臭气来抵挡

月亮的熏天

完成一首小夜曲,完成一次陆地上

在寂静中着陆的叹息,这不可怕,也并不凶险,

憎恶树叶,但还没刮去那正在减少的

泡沫

一月里的诗

三月,这猛兽!就像一阵吊袜带的风
它不动声色保守着秘密,仿佛将秘密吞了下去!
一点点呷着腐败、焦虑的源头。

流浪的人们,被这样的光辉碾压,
用稻草裹起他们温柔的嫩枝和伤痕
用力地自慰,就像抹了黄油的蜜蜂,

因为太阳是冷漠的,在这里,就像一枚眼镜片
和它奋力跳动的鼻窦静脉一起玩耍,
沼泽般,就像糖蜜在脸颊上留下甜蜜。

转身,噢,转身!你绝对神圣的棍棒
是为了尚年幼的太阳们[1]好,它们咆哮
它们对着惨白的脸颊大发雷霆

1　暗指儿子们(suns)。

而铁杉还没有挂断电话。
我们活在年迈、清醒、理智的哭喊中吗?
卫兵们起立、然后坐下就像跳一曲华尔兹

而它的张力被牧神窃取
尽管拖着病脚,它们依然疾驰而去
为了鸢尾!为了秋天!遁入了森林。

噢,一抹脚印纯粹的蓝色,你把三月
偷走了吗?还有,你贪婪的指挥棒
激动地挥舞了吗?你感觉到,你拥有了蓝色吗?

哦,三月!你还没决定要训练谁。
或者哪种叛徒正等着为你降生,
噢,三月!或者在饮食方面它将意味着什么。

将我清澈的大眼睛放进你心里,然后
将我清澈的大眼睛输到你流淌的血液里,还有!
将我清澈的大眼睛粘到你脚上,很冷,

我整个人陷在雪地靴里,转了一圈
又一圈。有一道血迹
穿过了树林,还有几缕牧神身上的毛发。

向番红花敬礼时,我意乱心烦。
不该再躺在醉倒的路上,
而你的静脉,正在耗尽这个世界的红色。

紧急中的冥想

要是我是一个金发女郎,是否我就会变得放荡?或者假如我是一个法国人,是否我会变得虔诚?

每次心碎,都让我变本加厉放纵(而同一些名字怎么会重复出现在那张拉不完的名单上!),但总有一天那些值得冒险的事将一件不剩。

为什么我要跟别人分享你?为什么你不能甩掉别人来做点改变?

我是全世界最好懂的人[1]。我要的只是无限的爱。

哪怕连树也懂得我!天呐,我也躺在树丛下,不是么?就像一堆树叶。

---

1 原文系men,可以指"人",也可以指"男人"。

然而，我从未因喜爱田园生活而感到过心塞，也不会过分怀念牧场上的堕落行径和天真往事。不。人一辈子都不必离开纽约，就能得到想要的全部草木[1]——除非我知道附近有便利的地铁、音像店或者其他能够让人们生活"无忧"的设施，否则我甚至无法欣赏一片绿叶的美。更重要的是，确认至少的真诚；云团就它们的模样受到万众瞩目，即使它们很快就会飘散。它们知道自己错过了什么吗？啊哈。

我的眼睛是暧昧的蓝色，像天空一样，时刻变幻；它们不偏不倚但飘忽不定，完全明确但缺乏忠诚，因此谁都不相信我。我总把目光移开。或者一再地停留在那些已经弃我而去的事物上。这使我感到焦躁不安，焦躁使我郁郁寡欢，但我没法让它们保持安静。要是我有灰的、绿的、黑的、褐的、黄色的眼睛；那么我就会待在家里做点什么。并非出于好奇。

---

[1] 暗指大麻。

相反,我无所事事,但专心致志是我的职责,事物需要着我,正如天空必须在大地之上。近来,"它们"的焦虑如此严重,我都只能睡一小会儿了。

现在只有一个没刮脸我都愿意吻的男人。异性恋!你总是无情地来临。(该怎样让她知难而退?)

圣·塞拉皮翁[1],我把自己裹进你纯洁的白袍,就像陀思妥耶夫斯基的午夜[2]。亲爱的,我要怎样才能变成一个传说?我尝试过爱情,但它把你藏进别人怀里,而我总是跳起来挣脱,就像莲花——这永远迸发的迷狂!(但千万不要被它搞得心烦意乱!)或者就像一株风信子,"把生活的污秽拒之门外,"是的,在这里,哪怕在心里,污秽也在膨胀、在诽谤、在染指和勘定。我意志着我的意志,尽管因那房间、那温室里神秘的空虚,我或将声名鹊起。

---

1 St. Serapion(1179 — 1240),天主教圣徒、殉道者,他的形象一般是身着白袍,被钉在十字架上。
2 指小说《白夜》。

如果你不知晓,尽管毁了自己!

成为美丽是容易的;而保持美丽绝非易事。亲爱的,我钦慕你,所布下的陷阱。它就像剧情走完了尾声,人们无心阅读的最后章节。

"范尼·布朗跑了——带着一本《战马惊惶》[1]仓皇而逃;我的确喜欢这个小骚货,也希望她能快活,但这次她可有些把我惹恼了。——赛琪娜那个可怜的蠢货!或者操;婊;我们过去就那么叫她。——我希望她能得到一顿好鞭子和一万镑"——施拉尔夫人。

我得离开这儿了。我挑了一条披巾和最下流的日光浴。我会回来,从山谷里,我会卷土重来,然后一败涂地;你不想让我去你去的地方,于是我去了你不想我去的地方。这才刚下午,接下来的事还多着呢。

---

[1] 英国小说家、记者乔治·亨蒂写的历史冒险故事,1881年出版。

楼下也不会接到一封信。开了,我往锁里吐了一口唾沫,而门把手转动。

为詹姆斯·迪恩 [1]

如果你愿意,那么欢迎我吧,

作为这一仇恨的使者

我知道仇恨的缘由

但并不嫉妒你心血来潮

就结果了他。

上天,我替一个年轻的演员

乞求安宁。孤身

走在纽约空荡荡的大街

我是纽约肮脏的双脚和脑袋

而他,却已经死了。

他迎面撞上了你用空气

砌成的墙,撞上了你的傲慢,他

---

1 James Dean(1931—1955),美国男演员,他代表了"垮掉的一代"的银幕形象,热爱跑车并因车祸去世。1999 年被选为"百年来最伟大的男演员"第十八名。

朝着你的方向踩下油门,而你
把他从你打印好的目录上
剪掉,这对我们来说
多么不公!不在树上,而在云上。

我好像一个像他那样污秽的人
那样谈论,谈论骄傲,
谈论速度,和你比塞壬的歌声
更为接近的糟糕榜样,
谈论一种对惩罚的渴求
这是辨认你的唯一标识。

和平!要在蛇鼠的城市中保持
真实,要去爱
爱对荒凉的嫉妒,被隐秘的沮丧[1]
弄脏的牛皮大王
缓缓燃烧

1　原文系 dejection,也有粪便的意思。

在绝望感

和异常活跃的丑闻里。他们的梦想

属于他们自己,就像庞大的

中央车站里的那些洗手间

或非常细小、极为臃肿的眼睑

上的亮片。

    我为了自己

这样做,而你从你的牙齿中间

拿走了我的生命之线,

锡线在辱骂中暗淡下去,

你仍需倾听

只要我体内的野兽维持它

缄默的力量,来合上我

流泪的眼睛,而我也鼓起勇气

在全世界高贵的追求里,

你独独留下我一人,它也将变成

哀伤的一种消遣,

当你唤起痛苦的大军

它们是无数哀鸣的血管

在眼睛里,在耳朵上

在临终的一刹那。

     而

仆人们围聚在一起讨伐他,

疲倦地等待着

最后一次无礼地背叛他

奴役他,小明星们和其他

闪耀的东西都还在猪圈里,

他们吝于关心

什么都不尊重

热衷名利就像飞蛾扑向火焰,

他们付出了代价,而你得以幸免,

如同一家医院维持了井然的秩序。

这些是你当代的圣徒吗?

这些油腔滑调的看客,肌肉发达的

梦游者,这些舞台上

写下的字还不够

空洞吗?这些藏身在电话亭里的

暴露狂,这些舔肚脐眼的家伙[1]。

而你们这些高人,真的会
在多情的飞虫中庆贺,仇恨天才
和他非凡的创造吗?
在多舛的路上
隐匿你的光芒!
你的爱
应当艰难,就像他的爱是坚硬的。

沿着明亮的唾沫星子
痛苦的鼻孔呼吸
他无辜肉体的气息
像烟,短暂升起,
就像得了癌症后,对无礼和薄薄的小牛唇
感到激动不已,
在你粗心的剪刀下,一切都逐渐模糊。

---

[1] 指天生的傻蛋。

在还活着的时候,人们就从坟墓里传出哭声
而今我是这个死人的声音,
结结巴巴的,在人间微不足道。
我从他淡绿色的眼睛里
吸收养分,
你没了养分,而我会阻止
鲜花,阻止你的鲜花生长。

在翼上沉睡

或许是为了避免某种大型的悲伤,
如同在一出复辟时期的悲剧中英雄喊道:"睡吧!
好好睡一觉,然后醒来,一个长长的,哈欠,然后忘
　了它!"
飞行的他,翱翔在无边的城市上空,
他从人行道拔地而起就像一只鸽子
听见了一辆汽车的喇叭或一扇门的关闭,那
梦想之门,在全部以各种语言说出的
斑驳爱情与美丽谎言中,生命成为不朽。

恐惧也悄然坠落,如同水泥,而你
身在大西洋之上。哪里是西班牙?哪里
是谁?南北战争是为了解放黑奴打的,
是这样吗?一阵风陡然倒灌使你意识到万有引力
和你关于人类之爱的立场。但这里
是众神揣测和困惑的居所。
一旦你束手无策,你便获得了自由,你相信

吗？绝不要面对一张徒劳挣扎的脸醒来？
永远漫游在某些不带情感的浩瀚中，
置身事外，永远，不卷入其中也不抱有目的！

眼睛辗转入睡仿佛被风催促
而眼睑微微扇动着就好像一对翅膀。
世界是一座冰山，我们只能见到一角！
过去是，现在也是，而它的形式，可能
也正在沉睡。这些特征蚀刻在某个曾经爱过的
死者的冰上，你是一个梦想着空间和速度的
雕塑家，这些你用一只手就能搞定。
好奇心，这只欲望的激情之手。死亡，
还是沉睡？速度够快吗？然后，俯冲，
你交出了你亲手缔造的一切，
你自我航行中的王国，因为你必须醒来
必须在这可爱的画面里呼吸你的温暖
不管它是死了还是在消失而已，
就像空间正在消失，连同你的唯一性一起。

广播

为何你要在周六的下午

播这样的沉闷的音乐? 当疲惫不堪的我

渴望一丝激情的信号。

    当一整个星期

我都在博物馆里步履艰难

从一张桌子跋涉到另一张,

而你闭门不出施展格里格[1]

和奥涅格[2]的魔法。

    我不是等于

也蹲了监狱吗? 而工作了一周以后

难道我不配听一听普罗科菲耶夫[3]吗?

好吧,至少我还有美丽的德·库宁[4]

---

1 Edvard Grieg(1843—1907),挪威作曲家、钢琴家。
2 Arthur Honegger(1892—1955),瑞士作曲家,出生于法国,"六人团"的成员。
3 Sergei Prokofiev(1891—1953),苏联作曲家、钢琴家。
4 Willem de Kooning(1904—1997),美籍荷兰裔画家,抽象表现主义的代表人物。

值得神往。我记得他的画里有一张橙色的床,远非这双耳朵所能承受。

在现代艺术博物馆
看拉里·里弗斯 [1] 的《华盛顿渡德拉瓦》

既然我们的英雄穿着他的白裤子
已经回到我们当中,而我们发现他的鼻子战栗着
就像一面炮火下的旗帜,
我们看见平静、冰冷的河流支撑着
我们的军队,这美丽的历史。

我们的愿望
是比修女更加革命,是世俗化和个体化
有如,当目击一个英国兵时,你微笑着
扣动扳机。燃烧,
焦虑和仇恨,以

理论思考和

---

[1] Larry Rivers(1923 — 2002),美国艺术家、音乐家、电影制作人,被认为是波普艺术的先驱,《华盛顿渡德拉瓦》画于1953年。他是弗兰克·奥哈拉的老朋友和爱人(之一),曾在奥哈拉的葬礼上致悼词。

关于抽象的嫉妒精神为食,
机器人？他们是汹涌在,物理事件之上
的烟雾。他们已燃烧殆尽。
瞧,我们多么自由！作为一个人民的国度。

我们亲爱的国父,你这样活着
为了赶时间你一定在
不停地撒谎,你的骨头横渡了
我的胸膛,像一支生锈的火枪,
一面海盗旗,尤为勇敢

不同于那座桥所抵达的地方
你也曾在蒙眬的怒视下
穿越冬天的河水,轻盈抵达岸边。
别开枪,直到纯白的自由
闪烁在你的枪管,你看见了众人的恐惧。

为了珍妮丝和肯尼斯去航行

爱情,爱情,爱情,
如今蜜月在诗歌中不复常见了

如果我给你一块
高露洁肥皂
那还不如给我
一桶饼干,不是吗?

亲爱的,风会把你从头发中洗去。
激情会变成,对准你的炮塔。

我是这样害怕
失去你。
对大都市的惩罚
是一根大棒,

而你在附近发出大笑时

怪物对我视而不见,就像一台留声机

而我感觉良好

信心也满满

那些树

会走回勃南森林 [1]。

全部是你,你纯洁优美的微笑

像是一个法语单词,像是一张温床,滋生了海水。

---

1 典出《麦克白》。女巫对麦克白说,他不会被打败,除非勃南的森林向他移动。

马雅可夫斯基

1

我的心儿震颤!
我正站在浴缸里
哭泣。妈妈,妈妈
我是谁?如果他能
再一次回来
然后亲吻我的脸
他粗糙的头发摩擦我的
太阳穴,嗡嗡作响!

然后我会穿好衣服
我想,接着走上街道。

2

我爱你,我爱你,

但我转向了诗句

关上了我的心。

就像一只拳头。

词语们!像我一样

生病,昏厥,

翻起你的白眼,一个泳池,

而我会向下盯着

我受伤的美丽

它最多只是一项诗歌的

天赋。

无法取悦,无法俘获也无法获胜

怎样一个诗人!

而清澈的水里淤积了

它的头破,流出的血。

我抱住一朵云,

而当我升空时

天空却下起了雨。

3

真奇怪! 我胸口上有血迹
噢,是的,我曾长年搬砖
真是个破裂的好地方!
现在雨水落在椿树
而我踏出了窗台
底下的小路弥漫着烟雾
闪烁着对奔跑的热爱
我踩上树叶犹如,踏上了大海的碧波

4

现在我平静地等待
我生性中的灾难
再度变得美丽,
变得有趣,而摩登。

乡间的树木是灰的
棕的和白的,
积雪和天空的欢笑
逐渐消融,乏味无趣
不止是更黑,不止是灰色。

或许这是一年当中
最冷的一天,他会怎么想?
我是说,我会怎么想?如果我知道答案,
也许我会重拾自我。

译后记

奥哈拉在他的诗里谈论同性恋、谋杀、修拉的点彩画。可以说,在诗里他无所不谈:描绘和你一起喝可口可乐的情形,评论拉里·里弗斯的绘画,哀悼英年早逝的电影明星詹姆斯·迪恩,改编布莱希特的《三毛钱歌剧》……一首诗里甚至出现了三十个电影明星的名字,为的是鼓励危难之际的美国电影工业。

奥哈拉是谁?作为最著名、最有影响的纽约派诗人之一,弗兰克·奥哈拉1926年6月27日出生在美国马里兰州的巴尔的摩,后来全家搬到马萨诸塞州的格里富顿。他有成为作曲家的理想,年少时学过钢琴,同时开始写诗。1946年从美国海军退役后,奥哈拉进入哈佛大学学习音乐,不久改学文学,期间结识了约翰·阿什贝利、肯尼斯·柯克以及詹姆斯·斯凯勒,这都是后来的纽约派的核心诗人。

1951年,他移居纽约,很快就作为诗人、剧作家、艺术评论家在文艺圈子里确立了地位,最终成为纽约现代艺术博物馆(MoMA)的副馆长。他策划展览,有很多抽象表现主义的画家和雕刻家朋友,这些艺术家们对他的写作风格也产生了很大影响。[1]

虽然有艺术、戏剧等领域的成就,但奥哈拉首先把自己视为诗人。在《为啥我不是一个画家》这首诗里,他对此作了轻快的表述:

我不是一个画家,我是一个诗人。
为啥?我想我更愿意做
一个画家,但我不是。好吧,

举个例子,麦克·哥尔德伯格[2]
正准备开始画画。我来看他。

---

[1] 据维基百科。
[2] Michael Goldberg(1924—2007),美国画家。

"坐下喝一杯吧，"他

说。我喝起来；我们喝起来。我抬头

看。"你在上面写了'沙丁鱼'。"

"是的，上面总得有点什么。"

"哦。"我走了，过了几天

又来看他。绘画

还在继续，我走了，过了

几天。我来看他。画

画好了。"'沙丁鱼'几个字哪去了？"

留在那的只是

几个字母，"那几个字太多余了，"麦克说。

而我呢？一天我正想着

一种颜色：橘黄。我写下一行

关于橘黄的诗。很快就写了

一页纸，不是诗行。

又写了另一页。应该

还写了更多，没有写橘黄，而是

大白话，橘黄太糟心了

生活也是。没过几天。它竟然变成了
散文,我是一个真正的诗人。我把诗
写完了都还没提到
橘黄。一共十二首,我称他们为
《橘黄》。后来有一天在美术馆里
我看见麦克的画,叫作《沙丁鱼》。

不过,奥哈拉很不情愿出版他的作品,或把它们编辑成册。《紧急中的冥想》是他的第二本诗集,1957年由格罗夫出版社首次出版,据说多半编辑还靠了詹姆斯·斯凯勒和肯尼斯·柯克。标题意思是,(在)紧急突发的状况下,(也要/能)淡定从容地进行沉思。他所写的诗同样具有这种特点。通过把毫不相关、甚至看起来彼此矛盾的词放在一起,奥哈拉能形成意想不到的组合,其中的场景可能夹杂某种混沌和无聊,但并非毫无意义。就好比抽象表现主义的绘画,把真实对象进行切割重组后,却构成了另外一种真实。

似乎有点难以想象,在紧急状态下要如何进行冥想呢？借用一部电影来比喻，某种程度上，奥哈拉和其他纽约派诗人就像上岸后的"海上钢琴师"。大海虽然浩瀚却有迹可循，大海上的航行虽然漂泊却令人感到安心；陆地的城市虽然不会摇摆，但是光怪陆离的、人心叵测的、充满了诱惑的。逃回传统中是容易的，可诗歌作为精神的艺术，要去如何描绘和表达乃至扩充现代人的精神世界？

这便是奥哈拉想要回答的问题，在喧哗的现代都市里，我们要找到一种新的诗歌言说方式，一种诗意的生活方式——但显然已经不是被传统定义的"诗意"。诗不应该是关在大脑里面闭门造车的文字游戏，而是"去生活"。谁说在嘈杂的地铁口给朋友打的一个电话不能成为一首诗呢？

通过把原先似乎不属于诗歌的词汇纳入诗歌中，奥哈拉和他的朋友们试图重新去激活诗歌的语言。不过，纽约派实际上很松散，未制定任何共同的纲领与准则，也没公开发表什么宣言。组成纽约派的诗人、艺术家、音乐家不一定出生在纽约，作品也不全与纽约相关，但他们都深深受到这座城市的滋

养。可以说,纽约是奥哈拉创作的灵感源泉,在同题诗《紧急中的冥想》中,他写道:

> 人一辈子都不必离开纽约,就能得到想要的全部草木——除非我知道附近有便利的地铁、音像店或者其他能够让人们生活"无忧"的设施,否则我甚至无法欣赏一片绿叶的美。

他热爱纽约如同热爱好莱坞电影、诗歌、小说和朋友。他说:"在所有的美国诗人中只有惠特曼、克莱恩和威廉斯好过电影。"[1] 他也热爱司汤达、陀思妥耶夫斯基、克尔凯郭尔,从不提起托尔斯泰、菲茨杰拉德、海明威。有时我们还能发现他受到某些"不敬神"的法国诗人影响,比如波德莱尔和兰波。奥哈拉不在诗歌世界排除任何东西,那里一场私人的对话可以和一场私密的白日梦共存。

美国批评家海伦·文德勒曾写道:"好像是一

---

[1] 见《单人主义:一份宣言》。

场盛大宴会的主人,客人们被奥哈拉领入他的生命。"[1] 他彬彬有礼地向我们展现了宴会的盛大和喧嚣,但介绍时却不会显得过分热情。这也像观者凝视一张照片,始终保持着某种距离感;但凝视画面的时候,画面便反过来凝视观者,并把某个已经凝固的特定瞬间向其敞开。

通过还原那些琐碎的、依赖时间并让生活变得模糊的细节,诗歌给予我们回到过去的可能性的同时也提醒着偶然事件的不可捉摸。诗人之死仿佛也出于同一种不可捉摸。1966 年 7 月 24 日,四十岁的奥哈拉在纽约火岛死于车祸。用阿什贝利的话说,"这是自约翰·惠尔赖特死后,美国诗歌界最为重大的秘密损失"。而奥哈拉在《紧急中的冥想》里哀悼过的詹姆斯·迪恩同样死于车祸,那首诗用在他自己身上也依然成立:

上天,我替一个年轻的演员

---

[1] 见《弗兰克·奥哈拉:变化的功效》,这是对奥哈拉最重要和有启发性的评论之一。

乞求安宁。孤身
走在纽约空荡荡的大街
我是纽约肮脏的双脚和脑袋
而他,却已经死了。

他迎面撞上了你用空气
砌成的墙,撞上了你的傲慢,他
朝着你的方向踩下油门,而你
把他从你打印好的目录上
剪掉了,这对我们来说
多么不公!不在树上,而在云上。

…………

在还活着的时候,人们就从坟墓里传出哭声
而今我是这个死人的声音,
结结巴巴的,在人间微不足道。
我从他淡绿色的眼睛里
吸收养分,

你没了养分,而我会阻止

鲜花,阻止你的鲜花生长。

    大约2011年,我从美剧《广告狂人》中看到主人公读《紧急中的冥想》。当时我对弗兰克·奥哈拉一无所知,但一些莫名的念头促使我想要去读他,也许这仍出于偶然事件的不可捉摸。我从亚马逊购得了英文原版;2016年前后,我开始断断续续翻译这本诗集,因为一共只有三十首,一年左右就完成了译稿。后来经过多次校对修订,但错误想来还是难免,望各位读者批评。

    感谢编辑婉莹,感谢已经或将要读到这本诗集的人。毕竟,没有你们的话,奥哈拉要把谁领进他的盛大宴会呢?

许舜达

2019年3月于杭州

图书在版编目(CIP)数据

紧急中的冥想 /(美)弗兰克·奥哈拉著;许舜达译.——成都:四川文艺出版社,2019.6

ISBN 978-7-5411-4886-6

Ⅰ.①紧… Ⅱ.①弗… ②许… Ⅲ.①诗集-美国-现代 Ⅳ.①I712.25

中国版本图书馆CIP数据核字(2019)第055922号

JINJIZHONG DE MINGXIANG
紧急中的冥想
(美)弗兰克·奥哈拉 著 许舜达 译

策　　划	副本制作文学机构
出版统筹	冯俊华
责任编辑	苟婉莹
封面设计	刘山英
责任校对	段　敏
责任印刷	唐　茵

出版发行	四川文艺出版社(成都市槐树街2号)
网　　址	www.scwys.com
电　　话	028-86259287(发行部) 028-86259303(编辑部)
传　　真	028-86259306
邮购地址	成都市槐树街2号四川文艺出版社邮购部 610031
印　　刷	成都东江印务有限公司
成品尺寸	117mm×186mm　开　本　32开
印　　张	3.5　　　　　　　　字　数　70千
版　　次	2019年6月第一版　印　次　2019年6月第一次印刷
书　　号	ISBN 978-7-5411-4886-6
定　　价	39.00元

版权所有·侵权必究。如有质量问题,请与出版社联系更换。028-86259301